ALEXANDRE

CHEZ APELLES.

ALEXANDRE

CHEZ APELLES,

BALLET HÉROÏQUE EN DEUX ACTES,

PAR M. GARDEL,

Maître des Ballets de S. M. I. et R., de son
Académie impériale de Musique, et
Membre de la Société Philotechnique;

*Représenté pour la première fois, sur le
théâtre de l'Académie impériale de
Musique, le mardi 20 décembre 1808.*

La plus grande partie de la musique est de la composition
de M. CATEL, du Conservatoire impérial.

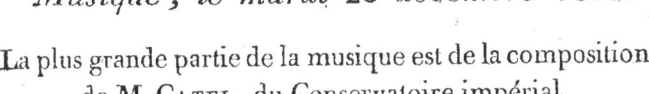

PRIX : 24 SOUS.

A PARIS,

De l'Imprimerie de BALLARD, imprimeur de l'Académie
impériale de Musique, rue J.-J. Rousseau, no. 8.

1808.

NOTICE.

L'idée de traiter un sujet, qui déjà l'a été par des artistes d'un mérite bien reconnu, ne me serait jamais venue, si le trait principal de celui-ci n'avait été renouvellé, et encore illustré sous nos yeux : je prie donc le Public de ne pas penser que j'aie été entraîné par l'espoir de faire mieux que mes prédécesseurs, et de ne voir dans mon ballet d'Alexandre chez Apelles, que l'envie extrême de lui rappeler un trait fait pour honorer les beaux-arts, et pour immortaliser les artistes qui eurent le bonheur, en différens siécles, d'étre distingués par des Souverains et par des Héros.

ELÈVES D'APELLES SANS DÉGUISEMENS.

ACTE PREMIER.

MM. Dejazet, Petit, Verneuil, Maze, Auguste, Guillet, Falcot, Toussaint aîné.

Mlles. Boilay, Eugénie, Delphine, Dupuis, Cécile, Naderkor, Bertin, Narcisse.

MM. Chap, Simon, Télémaque, Martin, Leblond;

Mlles. Lemière, Clotilde, Nanine, Betsi-Gosse, Mangin, Zélie.

PRINCES ET OFFICIERS DE LA COUR D'ALEXANDRE.

M. GOYON.

MM. L'huilier, Godefroy, Rivière, Seuriot c., Justin, l'Enfant, Honoré, Banse, Chatillon, Galais, Michel, Leblond.

DAMES DE LA COUR D'ALEXANDRE.

Mlles. CLOTILDE, BIGOTTINI, RIVIÈRE.

Mlles. Eulalie, Jacotot, Coulon aînée, Coulon cad., Podevin, Lili, Adhere, Proche.

ACTE SECOND.

TOUTES LES PRINCESSES.

MACÉDONIENS.

M. ALBERT.

MM. Saron, Falcot, Rivière, Banse.
Mlles. Rivière, Fanny;

PERSES.

M. ELIE.

MM. Godefroy, Seuriot cadet, Chatillon, Justin.
Mlles. Mareslié aînée, Mareslié cad.

AMAZONES.

Mlle. BIGOTTINI.

Mlles. Eulalie, Eugénie, Lili, Adhère.

Mlle. CLOTILDE.

Mlles. Adélaïde, Launer, Déjazet, Darmancourt.

INDIENS.

M. BEAULIEU, Mlle. CHEVIGNY.

MM. Auguste, Verneuil, Toussaint aîné., Toussaint cadet.
Mlles. Boilay, Jacotot, Halbedel, Dupuis.

M. BRANCHU, Mlle. DELISLE.

MM. Dejazet, Petit, Maze, Guillet.
Mllcs. Cecile, Mélanie, Angeline, Naderkor.

PERSONNAGES.

ALEXANDRE, roi de Macédoine,   M. *Aumer.*
EPHESTION, guerrier et ami d'Alexandre,   M. *Milon.*
CAMPASPE, esclave d'Alexandre et amante
    d'Apelles,   Mme. *Gardel.*
APELLES, peintre fameux, amant de Campaspe, M. *Vestris.*

ÉLÈVES D'APELLES.

Sous le costume de Vénus,	Mlle. *Lamare.*
Sous celui de la Victoire,	Mlle. *Adélaïde.*
Sous celui de Minerve,	Mlle. *Laurence.*
Sous celui de la Gloire,	Mlle. *St.-Léger.*
Sous celui de la Renommée,	M. *Paul.*
Sous celui d'un Gladiateur,	M. *Saron.*
Sous celui d'un Génie,	Mlle. *Rosier.*
Sous celui d'Iris,	Mlle. *Ferette.*

Sous celui des Graces,   Mlles. { *Marinette.* *Mélanie.* *Angeline.*

Sous celui de l'Amour,   Mlle. *Hulin.*

Sous celui des Plaisirs, MM. { *Rosier*,   *Toussaint cadet.* Mlles. { *Lavancourt*, *Mariánne.*

Sous celui des Jeux, MM. { *Lachouque*, *Bauglin.* Mlles. { *Gosselin aîn.* *Gosselin cad.*

Sous celui des Ris, MM. { *Pequeux*, *Dupuis.* Mlles. { *Pierret*, *Virginie.*

Sous celui du Tems,   M. *Pouillet.*

1

ALEXANDRE
CHEZ APELLES,
BALLET HÉROÏQUE EN DEUX ACTES.

ACTE PREMIER.

Le Théâtre représente l'atelier d'Apelles. Plusieurs tableaux de ce peintre fameux se font remarquer dans la galerie qui est au fond. Sur plusieurs chevalets sont placés; 1°. la Vénus endormie; 2°. la Vénus sortant du bain; 3°. le célèbre tableau où Apelles avait représenté un cheval d'une si grande vérité que, selon Pline le naturaliste, les chevaux hénissaient en le voyant; et 4°. le portrait d'Alexandre-le-Grand, tenant en main le foudre de Jupiter. (Ces tableaux passent pour les chef-d'œuvres d'Apelles.)

SCÈNE PREMIÈRE.

Au lever de la toile, on voit tous les élèves d'Apelles occupés diversement :

les uns examinent et admirent les chef-
d'œuvres de leur maître ; les autres
dessinent ; quelques-uns copient la Vénus
endormie ; d'autres le superbe cheval.
On en voit qui broyent des couleurs, qui
affinent des crayons. Plusieurs esclaves
vêtus en Vénus , en Graces , en Minerve ,
en Amour , en Gladiateur , etc. etc. etc.
servent de modèles. Apelles , visitant les
différens travaux de ses élèves, donne des
conseils à ceux-ci , des ordres à ceux-là ;
il encourage les uns , réprimande les
autres ; et enfin il donne l'exemple à tous,
en s'occupant du portrait d'Alexandre ,
auquel il travaille. Ensuite il fait la revue
de ses tableaux : il écrit dessous plusieurs un mot pour se rappeller qu'il les
croit encore susceptibles de perfection ;
mais , après quelques derniers coups de
pinceau donnés au portrait d'Alexandre ,
il se décide à y mettre le mot grec qui
signifie *fecit*. Alors tous les élèves du
peintre se réunissent et admirent l'ouvrage de leur maître : ils montrent leur

enthousiasme de diverses manières ; ils imitent la position noble et grande du roi ; ils font voir qu'ils apprécient la correction du dessin, le brillant du coloris, la beauté des formes, et ils paraissent dignes de sentir le sublime talent d'un tel maître. Apelles examine l'effet que produit son ouvrage sur ses jeunes élèves, et il en paraît satisfait ; cependant il semble triste et rêveur ; ses yeux se portent sans cesse vers un chevalet couvert d'une draperie ; ses élèves s'en aperçoivent ; ils essayent de le distraire. Apelles, après leur avoir témoigné sa sensibilité, les invite à le laisser seul. Ils obéissent, et manifestent, par un mouvement spontané, en sortant de l'atelier, le plaisir d'un moment de récréation.

SCÈNE II.

Apelles, resté seul, dévoile le portrait de Campaspe ; l'amour l'a si bien gravé dans son cœur, que de mémoire il en a tracé tous les traits : il se laisse aller aux sensations qu'il éprouve, et fait voir la passion qu'il ressent. Il prend ses pinceaux, il veut corriger, ajouter ; mais son trouble est si grand que ses pinceaux tombent, ses yeux s'égarent, et comme ils se portent involontairement sur le portrait d'Alexandre, Apelles croit voir son roi lui-même le menacer ; il paraît accablé de douleur. Un bruit se fait entendre ; Apelles, qui en est frappé, revient à lui, et se hâte de retourner le chevalet.

~~~~~~~~~~~~~~~~~~~~~~~~~~~~~~~~~~~~~~

SCÈNE III.

Ephestion, précédé de quelques princes
de la cour d'Alexandre, paraît et prévient
Apelles que le roi va se rendre à son atelier, et que pour lui donner une preuve
éclatante de sa protection, de son estime
et même de l'amitié dont il daigne l'honorer, il sera accompagné d'une partie
de sa cour. Apelles, confus et troublé
d'un honneur dont il se croit indigne, se
prosterne. Ephestion se retire.

~~~~~~~~~~~~~~~~~~~~~~~~~~~~~~~~~~~~~

SCÈNE IV.

Apelles fait venir ses élèves, et il leur
donne l'ordre d'arranger l'atelier. Il emporte lui-même le portrait de Campaspe,
et quand il revient il fait part à ses élèves
d'une idée qu'il a conçue : il leur montre
sur les tableaux qui ornent sa galerie,
différens costumes sous lesquels il veut
qu'ils se déguisent : ces jeunes gens par-
tent pour se préparer à exécuter le projet
de leur maître.

~~~~~~

SCÈNE V.

Apelles, vivement ému, ne sait comment il va soutenir la présence d'Alexandre. Il réfléchit, et semble se résigner à tout ce qui peut arriver.

~~~~~~

SCÈNE VI.

Une symphonie majestueuse se fait entendre de loin, et augmente en même tems que le cortége approche. D'un côté l'on voit entrer une foule de guerriers richement vêtus; de l'autre des Dames de la cour d'Alexandre, des esclaves des pays conquis par ce grand roi, et enfin Alexandre lui-même suivi d'Ephestion, de plusieurs princes, et d'une dame voilée. Apelles se prosterne devant Alexandre, qui s'empresse de le relever et de lui

donner des marques de bienveillance et
de bonté. Alexandre et les princes de sa
cour promènent leurs regards snr les chef-
d'œuvres d'Apelles : tous leur semblent
porter le cachet du vrai beau. Campaspe,
quoique voilée, paraît charmée de l'ac-
cueil flatteur que le roi daigne faire à
Apelles, qui ne se croit pas si près de celle
qu'il adore. Alexandre demande à voir
son portrait. Apelles invite respectueu-
sement toute la cour à passer du même
côté que le roi. Alors il fait un geste, et
ses élèves (déguisés) présentent le portrait du plus grand des rois. La Victoire
le précède, la Renommé le couronne de
laurier ; la Gloire embrasse une pyramide
sur laquelle le Génie de l'histoire est
occupé à graver les actions d'Alexandre,
afin de les transmettre à la postérité.
L'Amour, les Graces, les Plaisirs et les
Ris arrêtent le tems, que Vénus enchaîne
avec des guirlandes de fleurs. (Les élèves
d'Apelles forment ce grouppe avec la
plus grande rapidité.) Tous les princes

de la cour font un geste de surprise et d'admiration ; et , se retournant vers Alexandre , ils lui font entendre qu'ils trouvent l'allégorie parfaite. Le roi paraît vivement attendri. Pour donner une première marque de sa satisfaction au peintre habile et ingénieux qui a si bien su le représenter , Alexandre veut qu'il soit publié dans ses états qu'*Apelles seul doit peindre Alexandre.* Apelles verse des larmes de reconnaissance. Un officier part pour exécuter cet ordre.

SCÈNE VII.

ALEXANDRE prend la main d'Apelles,
et la serre d'une manière pleine de bonté
et d'affection. Ensuite il semble concevoir
une idée ; après un moment de réflexion ,
il donne l'ordre à son ami de faire partir
toute sa suite ; et pendant qu'Ephestion
obéit , Alexandre retient Campaspe , qui
voulait sortir. Quelques femmes de sa
suite restent éloignées.

SCÈNE VIII.

ALEXANDRE exprime au peintre célèbre
le desir qu'il a de lui voir faire le portrait
d'une femme qu'il aime par dessus tout
au monde. Apelles fait entendre qu'il est
infiniment flatté de la proposition. Alors
Alexandre relève le voile qui cache la
charmante Campaspe. Apelles, à cette
vue, se sent frappé d'un étonnement dont
il ne peut contenir le mouvement; Campaspe en fait un pour le calmer. Alexandre
le prend pour l'effet naturel de la beauté
de celle qui a su fixer son choix; mais
Ephestion, observant de sang froid cette
scène, croit voir assez clairement un autre
motif que celui qu'Alexandre suppose,
et comme amî de la gloire de son roi, il
forme le projet de s'en assurer. Alexandre
presse Apelles, et veut voir commencer
le portrait de Campaspe. Apelles est dans
le plus grand désordre. Ephestion l'ob-

serve , et Campaspe ne doute pas que la finesse d'Ephestion n'ait découvert ce qu'elle voudrait qui fût toujours un mystère ; d'un regard, elle engage Apelles à obéir, et il fait apporter par ses élèves tout ce qui est nécessaire au nouveau travail auquel il va se livrer.

~~~~~~~~~~~~~~~~~~~~~~~~~~~~~~~~~~~~~~

SCÈNE IX.

LES jeunes élèves n'ayant point encore
quitté leurs déguisemens, l'on voit la
Renommée apporter la toile, les Graces
et Iris préparer les couleurs, et l'Amour
présenter les pinceaux à Apelles. Le
peintre agité consulte Alexandre, pour
savoir sous quel costume il veut faire
représenter Campaspe ; mais le roi le
laisse libre de choisir entre les Divinités,
celle dont les traits ont le plus de rap-
port avec ceux de Campaspe. Alors
Apelles fait un geste, et les Graces
attachent à Campaspe les différens attri-
buts qui caractérisent la Déesse de la
chasse. Campaspe, vêtue en Diane,
se place en s'appuyant sur son arc ;
mais le peintre l'engage à marcher, à
courir, et enfin à monter sur un piédestal qui se trouve dans l'atelier. La
position que prend Campaspe séduit

Apelles. Il l'invite à rester immobile et se met à dessiner ; mais bientôt il change d'idée ; il croit que le costume de Therpsichore est celui qui doit convenir à la taille svelte de son charmant modèle ; par son ordre Campaspe est couronnée de fleurs, et tient une harpe entre ses mains. Les positions les plus gracieuses sont prises successivement par le modèle, et esquissées par le peintre. Campaspe, posant un genou sur l'une des marches du piédestal, semble soupirer ses chagrins, et le petit élève déguisé en Amour écrit, avec sa flèche, le nom de son maître chéri. Apelles, furieux de cette indiscrétion (pourtant bien innocente) veut renvoyer l'enfant; mais Alexandre, ne voyant dans sa conduite qu'une chose qui prouve même sa reconnaissance, demande et obtient facilement sa grace. Alors l'enfant malin monte sur le piédestal, et montre à Campaspe ce qu'il vient d'écrire. Apelles se sent hors de lui-même ; et pour éloigner les soupçons que pourrait faire naître cette

scène, il fait former, par tous ses élèves
autour de Campaspe , un grouppe géné-
ral. Il vole à la toile , et veut crayonner
ce tableau ; mais il pense que le tambou-
rin doit merveilleusement servir à faire
ressortir tous les avantages de Campaspe;
en effet, sa grace, sa vivacité, sa légèreté,
et son enjouement en bondissant et en
frappant sur cet instrument, ravissent
également et le roi et l'artiste ; avec la
différence qu'Alexandre jouit de son
ravissement , et que les remords et la
jalousie troublent celui du peintre. Les
jeunes élèves ne peuvent résister au desir
qu'ils éprouvent ; et comme électrisés par
la nouvelle Terpsichore , ils oublient la
présence du roi , et ils suivent tous Campaspe en dansant

Apelles les arrête vivement , en leur
faisant des reproches sur l'oubli impar-
donnable qu'ils semblent faire de la présence d'Alexandre ; mais le monarque ,
s'amusant de leur joie , veut qu'ils s'y
livrent entièrement ; alors ils forment

plusieurs tableaux qu'Apelles cherche à saisir. Si un grouppe lui plaît dans le moment le plus animé de la danse, il fait un signe, et tout le monde reste immobile : il dessine avec empressement ; mais bientôt il en veut voir un autre, et puis un autre encore ; enfin cette situation se prolonge et se varie. Le roi prend un plaisir extrême à cette scène nouvelle pour lui, tandis qu'Ephestion observe le peintre et le modèle.

~~~~~~~~~~~~~~~~~~~~~~~~~~~~~~~~

SCÈNE X.

Un officier vient prévenir Ephestion qu'Alexandre est attendu dans son palais. Alors Alexandre prie Campaspe de continuer la séance ; il engage ensuite Apelles à faire porter son portrait dans son palais, et il se retire, en disant qu'il espère que le peintre accompagnera son chef-d'œuvre. Ephestion, en faisant voir ses soupçons, suit le roi. Les élèves et les femmes restent avec Apelles et Campaspe.

———————

SCÈNE XI.

Apelles, ayant choisi la position la
plus agréable de toutes celles que Campaspe a prises, se met à l'ouvrage ; mais
ses jeunes élèves encore enivrés de la
danse qu'ils viennent d'exécuter, en
répètent quelques pas, s'arrêtent, recom-
mencent, et troublent enfin la tranquil-
lité dont l'artiste a besoin : il leur ordonne
de se retirer ; ils obéissent avec tristesse.
Les suivantes de Campaspe s'éloignent
aussi successivement, et lentement, en
examinant dans la galerie la superbe col-
lection de tableaux d'Apelles.

SCÈNE XII.

Les amans sont seuls enfin ; d'abord un trouble involontaire les saisit ; leurs yeux se cherchent et craignent de se rencontrer , leurs cœurs volent l'un vers l'autre ; mais la timidité les retient ; cependant Apelles quitte ses pinceaux , et regarde s'il ne peut être aperçu. Dans la certitude que cela est impossible , ils se font part mutuellement des maux que la contrainte leur a causés , du soulagement qu'ils éprouvent , et enfin de la résolution où ils sont de ne se quitter jamais : ils se jurent un amour éternel. Apelles prend les mains de Campaspe et se jète à ses genoux , pour renouveler son serment lorsqu'Ephestion arrive.

SCÈNE XIII.

Son indignation éclate : Apelles se relève précipitamment, et tous deux restent
confus : Ephestion les accable de reproches, et les menace de toute la colère
d'Alexandre : Campaspe tremble pour
son amant : Apelles frémit pour sa maî-
tresse : tous deux prient Ephestion de
les épargner, de protéger deux amans
qui depuis long-tems s'aiment, qui ont
fait serment de s'aimer toujours, et que
la mort seule peut désunir ; enfin ils
tentent tous les moyens d'attendrir le
cœur d'Ephestion ; ils y parviennent bien
au fond, mais son devoir, son attache-
ment pour son souverain et pour sa gloire,
l'empêchent de se laisser aller à l'émotion
qu'il éprouve. Il déclare à Campaspe qu'il
faut qu'elle l'accompagne au palais, et il
défend à Apelles de l'y suivre : rien ne
peut le fléchir, les pleurs de Campaspe,

les prières d'Apelles ne trouvent aucun accès près de lui ; il emmène Campaspe, en laissant Apelles en proie à sa douleur.

~~~~~~~~~~~~~~~~~~~~~~~~~~

SCÈNE XIV.

D'ABORD absorbé, il montre une grande incertitude sur le parti qu'il doit prendre, et son désespoir est au comble ; plusieurs idées lui viennent, mais il les repousse ; enfin celle de faire porter le portrait d'Alexandre dans son palais, de s'y rendre lui-même, de se jeter aux pieds du roi, de lui tout avouer et d'obtenir de sa générosité la main de sa chère Campaspe, ou la consolation de mourir à ses yeux, l'emporte. Il appèle ses élèves, leur donne l'ordre de prendre le portrait d'Alexandre, et, précédé de ce chef-d'œuvre, il part pour le palais du roi.

Fin du premier acte.

ACTE II.

Le Théâtre représente une vaste salle du palais d'Alexandre, où d'un côté le trône est élevé ; de l'autre, on remarque le tableau de la famille de Darius, implorant la clémence du roi. Cette salle est fermée par de riches tentures.

SCÈNE PREMIÈRE.

DES femmes de la cour d'Alexandre se préparent à recevoir ce grand roi. Quelques-unes accordent leurs lyres ; d'autres se disposent à la danse ; d'autres encore arrangent des fleurs, des guirlandes, et toutes laissent voir le droit qu'elles croient avoir personnellement aux faveurs d'Alexandre.

~~~~~~~~~~~~~~~~~~~~~~~~~~

SCÈNE II.

Le roi paraît au bruit d'une musique fière et noble ; il est précédé des principaux officiers de sa cour , qui se retirent dès qu'il est assis sur son trône.

~~~~~~~~~~~~~~~~~~~~~~~~~~

SCÈNE III.

Les princesses demandent au roi la permission de le délasser de ses pénibles travaux par leurs concerts et par leurs danses. Alexandre y souscrit, et le charme des danses tour-à-tour vives , gracieuses et légères , se joint aux accords harmonieux de la musique. Le roi en témoigne sa satisfaction , et il invite les dames à faire préparer une fête brillante qu'il veut donner à celle que son cœur a choisie : elles font toutes un geste , qui fait voir l'espoir que chacune conçoit d'en être l'objet.

SCÈNE IV.

Ephestion et Campaspe arrivent : l'air agité d'Ephestion, l'air chagrin de Campaspe, semblent annoncer quelques fâcheuses nouvelles : Alexandre en paraît inquiet. Ephestion salue le roi, et lui dit qu'il voudrait lui parler sans témoins ; alors Alexandre remercie les princesses des talens qu'elles ont déployés pour lui être agréables, et il les invite à se retirer ; elles obéissent, mais elles ne peuvent dissimuler l'inquiétude que leur cause l'arrivée de Campaspe.

SCÈNE V.

Campaspe veut les suivre, lorsque Alexandre la prenant par la main, lui fait entendre qu'il est impossible qu'elle soit de trop. Ephestion dit au roi que c'est sur-tout devant Campaspe qu'il doit garder le silence. Alexandre ne peut concevoir ce mystère ; Ephestion se mettant entre eux les sépare doucement, et engage Campaspe à passer dans le salon voisin. La situation de Campaspe ne peut se peindre ; elle se croit perdue sans ressource, et en s'éloignant elle ne peut s'empêcher de montrer le comble de l'accablement.

SCÈNE VI.

ALEXANDRE, avec un vif empressement, veut enfin que le mystère s'éclaircisse. Ephestion demande au roi s'il aime Campaspe ; Alexandre répond qu'il l'aime de toute son ame : alors Ephestion lui fait entendre qu'il doit y renoncer , qu'elle est éprise d'un autre : Alexandre, aussi furieux qu'amoureux , court pour chercher la perfide ; mais Ephestion le retient et fait tous ses efforts pour arrêter la fureur de son maître ; il lui rappèle sa grandeur , son courage , et il l'invite , après avoir vaincu les plus vaillans rois de la terre , à se vaincre lui-même. Le roi jaloux a peine à se posséder ; il veut savoir quel est le mortel que l'on ose préférer à Alexandre. En ce moment un trait d'orchestre annonce l'arrivée d'Apelles, et Ephestion répond : vous allez l'apprendre.

~~~~~~~~~~~~~~~~~~~~~~~~~~~~~~~~

SCÈNE VII.

EPHESTION va au devant d'Apelles , et
l'introduit dans le salon. Apelles se prosterne devant le roi ; mais son air sombre
et agité ne lui laisse pas douter qu'Ephestion n'ait instruit son superbe rival :
Alexandre presse Ephestion de nommer
le mortel qu'on lui préfère ; Ephestion
fait signe à Campaspe d'approcher.

_____

SCÈNE VIII.

A sa vue la colère du roi redouble ; Apelles et Campaspe sont anéantis et semblent attendre la mort ; Alexandre enfin veut absolument savoir où est ce rival qu'il abhorre ; ici, lui répond Ephestion. Alexandre, avec une colère retenue, porte un regard terrible sur Ephestion ; mais d'un geste Ephestion le dissuade : alors Alexandre, soupçonnant Apelles, se retourne de son côté, et promenant ses yeux sur lui d'une manière terrible, il semble l'accuser et le menacer : Apelles, ne pouvant se contraindre, lui dit avec une énergique vivacité qu'il adore la charmante Campaspe. Alexandre, oubliant un instant sa dignité, met la main sur son glaive ; Apelles se découvre la poitrine et dit : frappez. Campaspe se jète à genoux entre Alexandre et Apelles, et Ephestion arrête le bras du roi.

SCÈNE IX.

Après un moment d'un morne silence, l'on entend un bruit agréable, et l'on voit les élèves d'Apelles apporter et placer le portrait d'Alexandre. Chaque personnage change de position, et le roi semble moins courroucé : alors Ephestion, d'un air soumis et respectueux, et profitant de cet incident, prend le bras d'Alexandre, attire son maître vers son sublime portrait, et d'une main montrant ce chef-d'œuvre, et dirigeant l'autre sur Apelles, il semble dire : Voilà celui dont la main l'a tracé. Alexandre paraît frappé; Ephestion saisit ce moment favorable, il lui montre le tableau de la famille de Darius, et se jète aux pieds du roi; il le supplie d'être aussi généreux qu'il le fut dans cette circonstance. Alexandre, ému des paroles d'Ephestion qui depuis long-tems a toute sa confiance, regarde le

chef-d'œuvre qu'Apelles a fait pour lui ;
ensuite il reporte les yeux sur le peintre ,
et craignant de ne pouvoir pardonner s'il
voit encore la charmante Campaspe , il
tend les bras , en fixant alternativement
le peintre et son ouvrage , et il se décide
enfin à pardonner et à unir les deux amans.
Ephestion se jète de nouveau aux pieds
de son roi , qui le relève et le serre dans
ses bras ; Apelles et Campaspe embrassent
ses genoux , et Alexandre les comble de
bontés. Le roi , jouissant du plaisir
d'avoir fait des heureux , veut que la fête
qu'il a ordonnée serve à solemniser le
mariage des deux amans d'une manière
digne du plus grand roi du monde.

———————

SCÈNE X ET DERNIÈRE.

Les tentures du fond s'ouvrent , et laissent voir une immense galerie , ornée de sculptures , de tableaux , de trophées et de richesses de tous genres. Des Macédoniens et des représentans de tous les pays conquis par Alexandre arrivent et célèbrent par des fêtes , des jeux et des danses variées , auxquels se joignent Apelles et Campaspe , la générosité d'Alexandre et l'union des deux amans. Pendant la finale , le roi monte sur les degrés qui sont au fond du palais : les deux époux se placent aux pieds de leur souverain , Ephestion à ses côtés ; et lorsque tous les personnages sont groupés et prosternés , chacun selon la coutume de son pays , la toile tombe.

FIN DU BALLET.

www.ingramcontent.com/pod-product-compliance
Lightning Source LLC
Chambersburg PA
CBHW060848180626
46818CB00004B/1629